3 contes du Père Castor

à écouter dès 4 ans

Père Castor ■ Flammarion

Marlaguette

Récit de Marie Colmont
Images de Gerda

ISBN : 978-2-0812-6384-0

Elle s'appelait Marie-Olga,
mais on disait Marlaguette
pour faire plus court
et aussi plus gentil.

Un jour qu'elle était allée
cueillir des champignons dans les bois,
une grosse bête sauta sur elle
et l'emporta pour la manger.

Une grosse bête grise,
avec des oreilles pointues,
une gueule rouge : bref, un loup.

Elle se débattait, Marlaguette, dans la gueule du loup,
et le loup qui courait toujours en était tout gêné.

Si bien qu'en arrivant
à sa caverne,
il se cogna le front
à la roche
qui en faisait le toit.

– Hou là ! hou ! cria-t-il
en tombant de côté.

Marlaguette tomba aussi,
mais elle se releva vite.

– Bien fait ! Bien fait ! cria-t-elle
en faisant la nique au loup.

Mais le loup ne bougeait plus.
Il avait l'air bien malade,
avec une grosse bosse au front,
une écorchure
et un petit peu de sang qui en coulait.
Maintenant, Marlaguette le regardait
et sa colère tombait.

– Pauvre petit loup ! dit-elle. Il est bien blessé.

Alors elle tira son mouchoir,
alla le tremper dans la source qui chantait tout près
et fit un beau pansement sur la tête du loup.

Puis elle ramassa des feuilles et des mousses,
et sur ce petit matelas doux
roula le grand corps.

Même elle planta une large feuille de fougère
tout auprès pour lui servir de parasol.
Comme elle faisait cela, le loup revint à lui.
Il entrouvrit un œil, puis le referma.
Il se garda bien de bouger,
d'abord parce qu'il avait grand mal à la tête,

et puis parce que c'était tout nouveau pour lui
d'être dorloté, et, ma foi, pas désagréable.
Marlaguette s'en alla sur la pointe des pieds
et courut chez elle ;
elle n'habitait pas loin de là
dans une petite cabane à la lisière des bois.

Elle fit un grand pot de tisane
et revint le porter au loup,
avec une petite tasse
pour le faire boire.

Ce ne fut pas commode.
Les grandes dents du loup
cognaient contre la tasse,
et sa grande langue laissait
échapper la moitié du liquide.
Pour tout dire aussi,
il n'aimait pas la tisane.
Lui qui se régalait de viande crue,
avec du bon jus saignant
qui ruisselle le long des babines,
cette camomille l'écœurait.

« Bouh, que c'est fade ! » geignait-il en lui-même.
Mais Marlaguette disait :

– Allons, bois, vilain loup,
d'une voix si douce qu'il n'y avait qu'à obéir.

Elle le soigna comme ça pendant huit jours.
Puis elle l'emmena faire une petite promenade,
en marchant tout doucement pour ne pas le fatiguer.

– Cra ! cra ! cria le geai
en sautillant devant eux.
Il te croquera, Marlaguette.

– Ah ! tu crois ça ? dit le loup. Attrape !

Et il se lança en avant
pour croquer le geai,
mais il était tout faible encore
et manqua son coup.

Le deuxième jour,
comme il se promenait, bien sage
à côté de la petite fille, le geai revint :
– Cra ! Cra ! Marlaguette, il te croquera !
– Menteur ! cria le loup.

Et pour le punir, il se lança en avant
et cette fois il croqua le geai.
Qui fut bien furieuse ? Marlaguette.
Elle donna au loup une sérieuse fessée
et ne lui parla plus de toute la promenade,

20

et quand ce fut l'heure de rentrer chez elle,
elle ne lui serra pas la patte.
– Je ne le ferai plus,
dit le loup en reniflant, le cœur gros.
Il avait l'air si repentant qu'elle lui pardonna.

De fait, à partir de ce jour,
il ne mangea plus une seule bête vivante.
Dans la forêt, cela se sut vite.
Les oiseaux ne s'envolèrent plus
quand il passait sur les chemins ;

et les petites souris vinrent caracoler jusque sous son nez.
Il en avait l'eau à la bouche,
mais il trottait sagement à côté de Marlaguette,
les yeux fixés sur son doux petit visage,
pour échapper à la tentation.

Mais alors, qu'est ce qu'il mangeait?
Des framboises, des myrtilles,
des champignons, des herbes,
du pain que lui portait Marlaguette...
Hélas! à ce régime, il s'anémia.

Un loup n'est pas végétarien ;
il faut qu'il mange de la viande,
son estomac est fait pour ça.
Ce fut un vieux bûcheron qui le dit à Marlaguette :
– Il est en train de mourir, ton ami le loup…

Marlaguette pleura beaucoup,
et puis elle réfléchit
toute une nuit,
et puis au matin,
elle dit au loup :

– Je te délie de ta promesse.
Va vivre au fond des bois
comme vivent tous les loups.

Alors, la grande bête grise s'en fut sur ses pattes maigres
et elle croqua

un merle,

et un lapereau,

et trois musaraignes
qui prenaient le frais
au bord de leur trou.

En peu de temps,
le loup redevint
fort et beau.
Mais il ne tuait
maintenant que
lorsqu'il avait faim
et jamais plus
il ne mangea
de petit enfant.

Parfois, de loin,
entre les branches,
il voyait passer
la robe claire
de Marlaguette,
et cela lui faisait à la fois plaisir et tristesse.

Et Marlaguette regardait souvent vers le fond des bois,
avec son doux sourire,
songeant à cette grande bête de loup
qui, pour l'amour d'elle,
avait accepté pendant des jours de mourir de faim…

La vache orange

D'après Nathan Hale
Images de Lucile Butel

Un jour, la Vache Orange
de Monsieur Leblanc
sauta par-dessus la barrière.
La voilà partie sur la route.

Un renard gris,
qui passait par là, lui dit :
– Comment ça va-t-il
aujourd'hui ?

La Vache s'assit et répondit : – Meu... meu... je suis bien malade...

Alors, le bon Renard prit la Vache sur son dos, l'emporta chez lui... et la mit au lit.

Quand elle fut au lit, le Renard lui demanda :
– Est-ce que tu as de la fièvre ?
– Je ne sais pas, répondit la Vache.
As-tu un thermomètre ?

Le Renard mit un biberon
dans la bouche de la Vache,
et lui dit :
– Ne mords pas, surtout !

Mais cela ne servit à rien,
parce que c'est très, très difficile
de prendre la température
d'une vache... avec un biberon.

Le Renard tâta le nez de la Vache...
Quand un chien a le nez très chaud,
c'est qu'il est malade.
Le Renard eut vraiment peur...
La Vache avait le nez rouge et brûlant...
« Non, non, pensa-t-il,
les vaches ne doivent pas avoir le nez si chaud que ça. »

Le Renard dit :
– Montre-moi ta langue.
La Vache tira la langue...
Elle était longue et très verte.
– Oh ! là, là ! s'écria le Renard,
tu as mangé beaucoup trop d'herbe !
Il faut changer un peu.

Il courut à l'armoire à pharmacie,
mais il n'y trouva rien...
rien que des savonnettes
et de la pâte dentifrice et...
une bouillotte qu'il remplit d'eau chaude.

Le bon Renard essaya de réchauffer
les pieds de la Vache
avec la bouillotte.
Mais c'est très, très difficile,
les vaches ont tant de pieds !

La Vache remercia le Renard
et lui demanda :
– Est-ce que tu n'as pas faim ?
– Non, répondit le Renard.
Et la Vache, après un instant, dit :

– Mais moi, j'ai faim...
La Vache n'était pas sage du tout !
Dès que le Renard fut parti, elle se leva et mangea sa paillasse !

Alors, ça, ça mit le Renard en colère, tu n'auras rien pour dîner !
et il lui dit : Et la pauvre Vache se mit à pleurer.
– Si tu ne te conduis pas mieux, – Meu... eu... Meu... eu...

Pourtant, il y avait pour le dîner
de la saucisse et des mûres,
et aussi un peu de champagne.
La Vache n'en avait jamais bu,
et voilà que ça lui pique le nez,
et qu'elle éternue, et qu'elle éternue !...

– Dors bien, maintenant,
dit le Renard.
Et il embrassa la Vache
sur les deux joues.

– Bonne nuit,
répondit la Vache
de sa belle voix grave.
Et elle s'endormit.

Au milieu de la nuit,
la Vache fit un terrible cauchemar...
Elle rêva qu'elle était assise
sur les rails du chemin de fer...
Un train arrivait... un autorail...
il passait le tournant... elle le voyait...
– Meu... eu... eu... au secours ! meugla la Vache.

Le Renard se précipita dans la chambre.
– Qu'est-ce qu'il y a ?

– Meu... eu... eu... criait la Vache,
il y a un autorail juste au tournant !

43

Et les voilà qui se cachent tous les deux sous le lit !

Ce ne fut pas sans peine que le Renard décida la Vache à se recoucher.

Il fallut allumer une bougie
et la placer près de son lit pour qu'elle n'ait plus peur !

Le lendemain, quand la Vache s'éveilla,
elle ne se rappela pas où elle était.
Le Renard, qui entrait dans la chambre,
lui demanda comment elle allait.
– Mieux, merci, répondit-elle.
– Bon, dit le Renard.
Et il lui laissa de l'eau chaude
et du savon pour se laver la figure.

Ensuite, le Renard apporta
un bon déjeuner pour la Vache :
du jus d'orange, du pain beurré,
et une grande tasse de chocolat bien chaud.
Quand la Vache eut fini de déjeuner,
le Renard lui dit :
– N'oublie pas de te laver les dents.
Et il emporta le plateau.

Aussitôt levée, elle se lava les dents, se brossa les poils, se lissa les cornes,

et descendit retrouver le Renard qui était dans la cuisine.

Il était en train de parcourir le journal.
Tout à coup, il vit une grande annonce :
« Belle récompense à qui ramènera...
...UNE VACHE ORANGE égarée. »

– Est-ce que tu te sens assez bien
pour retourner chez toi à pied ? demanda le Renard.
– Oh oui ! dit la Vache.
Et les voilà partis tous les deux.

Quand Monsieur Leblanc
vit sa Vache Orange entrer dans la cour,
c'est lui qui fut content !
Il donna au Renard une belle récompense...
cinquante sous et trois gros bonbons,
et à la Vache, un excellent dîner
de trèfle et de froment.

Une histoire de singe

D'après May D'Alençon
Imagerie de Kersti Chaplet

Dans les grands arbres de la forêt sauvage
habite toute la famille des singes :
les grands-pères, les grands-mères,
        le père, la mère,
les frères, les sœurs, les oncles, les tantes,
        les cousins, les cousines...
et Petit-Singe. Il est si petit
        que personne ne fait attention à lui.

Pas très loin,
il y a le fleuve
calme et lent.

Petit-Singe a bien envie
d'y aller.

Il descend de son arbre.

En trois bonds...

hop ! hop ! hop !

il est près du fleuve.

Vite
il grimpe
  tout en haut
d'un cocotier
  et saisit
la plus belle
  des noix de coco.

Comme elle est grosse !
   Comme elle est lourde !
Et comme l'arbre penche
   au-dessus de l'eau !
   La noix de coco
glisse des mains de Petit-Singe.

Oh !
Il en perd l'équilibre...

Plouf ! dans le fleuve,
noix de coco et Petit-Singe.

C'est là qu'habite Croco-poco-toc-minoc,
le plus grand des crocodiles.

– Tiens, voici un bon repas ! dit-il.
– Non, monsieur le crocodile,
    vous vous trompez,
dit Petit-Singe en tremblant,
c'est seulement un tout petit repas.
    Je suis si maigre,
mes petits os vous piqueraient la gorge.
    Ce qu'il vous faut pour déjeuner,
    c'est un buffle bien gras.

– Un buffle bien gras ? Où est-il, celui-là ?
– Tout près d'ici, mais il faut m'aider
    à le tirer jusqu'à vous.
– Comment ça ?
– Prenez cette liane solide et tenez-la bien fort.
    À l'autre bout, j'attacherai le buffle.
– Bonne idée, dit le crocodile,
    et il serre fort la liane.

Petit-Singe, mine de rien, suit la liane.

Enfin la forêt !

Mais, entre les arbres...
qui s'approche ?...
C'est l'éléphant ;

il demande :

– Que t'est-il arrivé,
Petit-Singe ?
Tu es tout mouillé
et tu trembles.

– Le crocodile voulait me manger,
alors je l'ai attrapé avec cette liane.

– Un crocodile ? Toi,
un tout petit singe de rien du tout,
tu as pris un crocodile ?
Tu me racontes une histoire !

– S'il vous plaît, monsieur l'éléphant,
tirez sur cette liane,
à l'autre bout
vous verrez un vrai crocodile !

L'éléphant est curieux.

Il enroule la liane autour de sa trompe,

et il tire... tire...

69

La liane se tend.
« Quel gros buffle ! »
pense le crocodile,
et, lui aussi, il tire... tire...

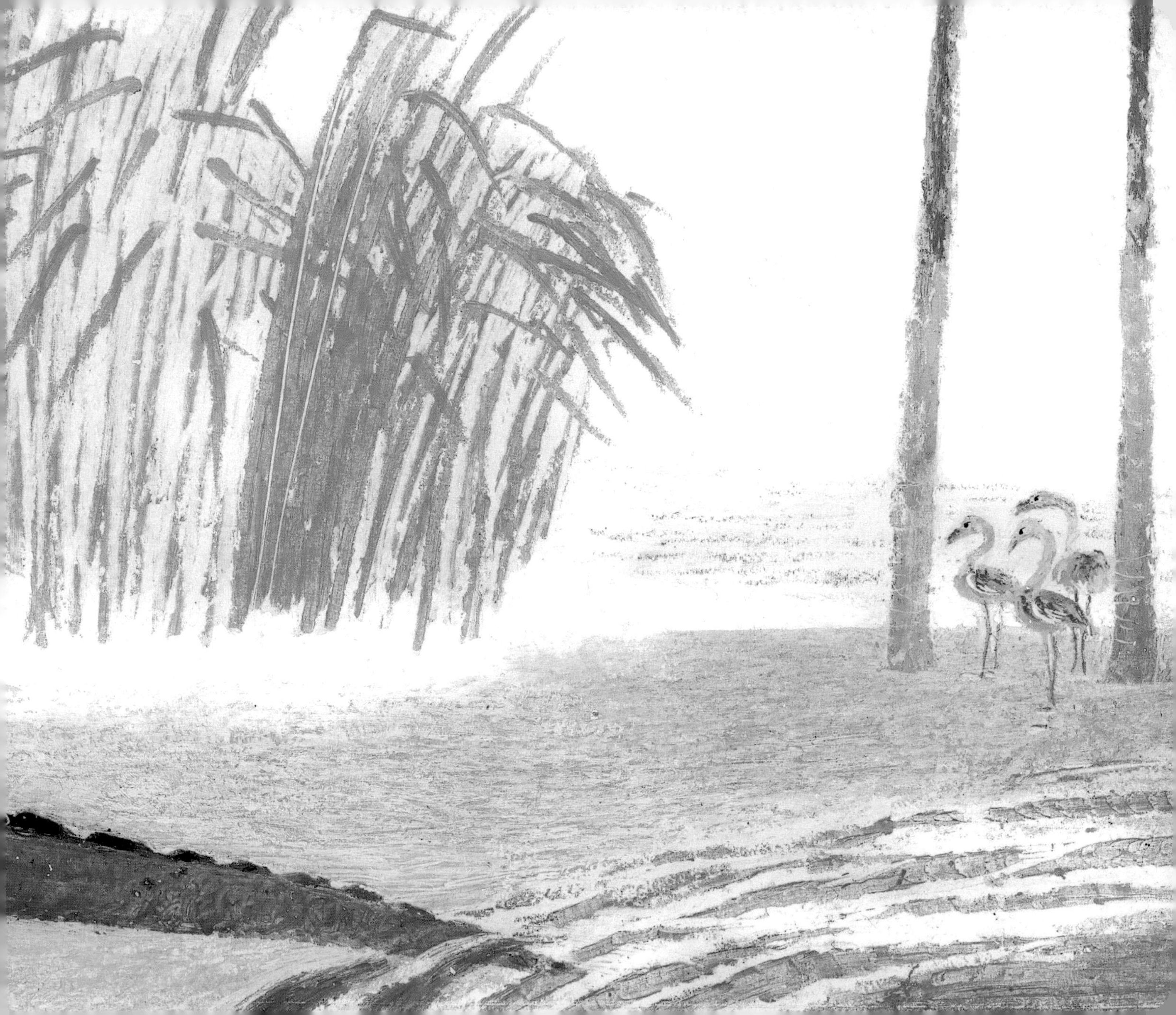

Quand l'éléphant tire d'un côté,
le crocodile tire de l'autre.
Qui sera le plus fort ?...
C'est l'éléphant !
Il traîne le crocodile hors de l'eau,
puis sur le sable et sur les pierres,
jusqu'à ce que...
crac ! la liane casse.

– Petit-Singe, tu m'as fait une farce,
dit le crocodile,
la prochaine fois, je te mangerai.

– C'était bien un vrai crocodile,
dit l'éléphant.
Allons, Petit-Singe,
viens maintenant,
je vais te ramener
chez ta maman.

Petit-Singe, en arrivant chez lui,
raconte comment il a attrapé
le plus gros des crocodiles ;
mais personne ne veut le croire.

– Je l'ai vu, moi, dit l'éléphant.

Alors, toute la famille et aussi les amis
se mettent à rire, à rire de plus en plus fort.
Ils font une fête pour Petit-Singe,
le plus petit des singes.
Ils vont chercher des noix de coco
et aussi des bananes
qu'ils mangent tous ensemble.
Quel festin !
Même l'éléphant a sa part.

Puis, le soir,
en se couchant
dans les bras de sa maman,
Petit-Singe lui dit :
– Tu sais, maman !
j'ai inventé un buffle
pour ne pas être mangé
par le crocodile.
La maman sourit.
Elle le berce
pour qu'il s'endorme.

Imprimé en Asie par Toppan – 06-2012
Dépôt légal : octobre 2012
Éditions Flammarion (n° L.01EJDN000757.N001)
87, quai Panhard-et-Levassor, 75647 Paris Cedex 13
www.editions.flammarion.com
Loi n° 49-956 du 16 juillet 1949 sur les publications destinées à la jeunesse

Marlaguette

Raconté par **Sylvia** et **François**
Musique originale de **Hugues Le Bars**

La vache orange

Raconté par **Hugues, Sylvia** et **Leila**
Musique originale de **Olivier Foy**

Une histoire de singe

Raconté par **Sylvia, Pascal, François** et **Antonin**
Musique originale de **Pascal Theillet**
Réalisation sonore de **Sylvia Will**

Composition du jingle par **Pascal Ducourtioux**
Montage du master par **Pierre Louis Rougier**
pour les studios **Alhambra Colbert**